Marcello Fuitem

Assassinato na Ilha de Boipeba

Ilustrações: Roberto Melo

1ª edição
2012

CORTEZ EDITORA

CORTEZ EDITORA
Rua Monte Alegre, 1074 – Perdizes
05014-000 – São Paulo – SP
Tel.: (11) 3864-0111 Fax: (11) 3864-4290
cortez@cortezeditora.com.br
www.cortezeditora.com.br

Direção
José Xavier Cortez

Editor
Amir Piedade

Preparação
Alessandra Biral

Revisão
Alessandra Biral
Auricelia Lima Souza
Rodrigo da Silva Lima

Edição de Arte
Mauricio Rindeika Seolin

Impressão
EGB – Editora Gráfica Bernardi

Dados Internacionais de Catalogação na Publicação (CIP)
(Câmara Brasileira do Livro, SP, Brasil)

Fuitem, Marcello
Assassinato na Ilha de Boipeba / Marcello Fuitem; ilustrações Roberto Melo — São Paulo: Cortez, 2012. (Coleção Astrolábio)

ISBN 978-85-249-1869-8

1. Literatura infantojuvenil I. Melo, Roberto. II. Título. III Série.

12-01047 CDD-028.5

Índices para catálogo sistemático:

1. Literatura infantojuvenil 028.5
2. Literatura juvenil 028.5

Impresso no Brasil — fevereiro de 2012

Aos amigos.
"Os bons momentos devem ser repetidos!"

Sumário

I

Morte misteriosa

– Morto?!

– Morto.

Naquela manhã de céu de anil, Eduardo, hóspede do apartamento 13, estava morto. Seu corpo inerte estendido na cama, com os olhos esbugalhados voltados para cima, fixos no teto branco, parecia quererem revelar um mistério que só eles pensavam conhecer.

A arrumadeira dos apartamentos da pousada bateu a sua porta. Insistiu mais duas vezes com redobrada força, possível de se ouvir a distância. Como não obtivesse resposta e nenhum barulho foi percebido do lado de dentro, abriu a porta com a chave-mestra. Ela estava convencida de que ele já devia estar longe dali, aproveitando a praia. Não precisou acender a luz, pois a claridade do sol no corredor era suficiente para poder ver que o hóspede ainda estava deitado na cama. Imediatamente, a arrumadeira se virou e saiu e, procurando não fazer barulho, voltou a fechar a porta.

Como estranhasse o fato de Eduardo ainda não ter acordado, mesmo depois das fortes batidas que dera na porta, dirigiu-se à recepção da pousada para falar com Otto, proprietário da Pousada Refúgio do Corsário. Como de costume, tinha levantado cedo e confirmou que não tinha visto Eduardo tomar o café da manhã e muito menos sair. Consultou o relógio de parede, cujas horas eram marcadas por diferentes pássaros da fauna brasileira, e já passavam das dez.

Aparentando preocupação, ele foi ao apartamento do hóspede com a arrumadeira.

Bateu diversas vezes à porta:

– Você tem certeza de que ele está aí dentro? Você não se confundiu, não?!

O sotaque do dono da pousada denunciava sua origem alemã: o som dos erres era acentuado e ele tinha grande dificuldade na pronúncia de palavras com sons nasais. Era alto, magro e aparentava ter 45 anos. Falava pouco e, quando o fazia, parecia estar sempre de mau humor. Sentia-se bem só quando se comunicava com hóspedes de sua pátria. Gostava de dar ordens. Seus cabelos loiros apresentavam mechas queimadas pelo sol tropical. De sua vida passada, pouco se sabia.

– Não, senhor Otto. O senhor Eduardo ainda está dormindo – respondeu a arrumadeira, convicta.

Entraram. Não havia dúvida: lá estava Eduardo. A claridade deixava o quarto quase que inteiramente iluminado.

O ar estava carregado, muito abafado. Só podia ser a falta de ventilação, pois, lá fora, a brisa vinda do mar soprava agradavelmente.

A arrumadeira quis abrir a janela, mas esperou em vão pela ordem do patrão. Quando foi fazê-lo, ouviu um imperioso não dele.

Um copo tombado não caiu do criado-mudo porque uma caneta impediu que ele rolasse e se espatifasse no chão frio. Pouco líquido da jarra de água tinha sido usado.

Enquanto se aproximava da cama, Otto chamou pelo nome do hóspede. Nada.

Antes de dar-lhe uma sacudidela, notou os olhos vidrados. O corpo estava frio e enrijecido.

Só podia estar...

– Morto?! – balbuciou a arrumadeira, trêmula e pálida.

– Morto – confirmou Otto com frieza.

2

Do começo

As águas límpidas do mar na foz do Rio do Catu, ao sul da Ilha de Boipeba, permitiam que os turistas da embarcação vissem, a poucos metros de profundidade, parte dos destroços de uma galera espanhola chamada *Madre de Dios*, afundada numa noite de tempestade no ano de 1535.

A maré estava baixa.

Para a maioria deles, era mais uma atração turística do passeio de escuna. Souberam pelo guia local que, na ocasião do naufrágio, houve alguns sobreviventes espanhóis. Por essa razão, a praia que eles alcançaram a nado ou agarrando-se a pedaços flutuantes de madeira do navio destroçado recebeu o nome de Ponta dos Castelhanos.

Empolgado com a curiosidade despertada, o guia alongou sua narrativa, dizendo que aqueles homens teriam escondido numa gruta, conhecida como a Cova da Onça, um baú cheio de tesouros salvo do naufrágio. À pergunta se o baú havia sido encontrado, com ar matreiro, ele respondeu, de modo evasivo, que quem o encontrasse ficaria muito rico.

Eduardo mal ouvia o que o garoto-guia ilhéu falava. Seu pensamento estava absorto naquela galera afundada, bem debaixo de seu nariz.

Ele, a esposa e a filha, Isadora, faziam parte do grupo de turistas da embarcação.

– Interessante essa história, né, pai?! – comentou Isadora, enquanto arrumava os cabelos para que não ficassem esvoaçando em frente aos olhos.

Ela estava em pé, perto do pai, mas não teve tempo de ouvi-lo, se é que ele dissera alguma coisa, pois a mãe a chamou:

– Filha! Saia do sol. Você é muito branquinha, eu já lhe falei. Sente-se aqui. Vou lhe passar mais protetor solar.

Isadora havia nascido numa cidade interiorana do Rio Grande do Sul e seus pais eram descendentes de alemães. Qualquer sol mais forte provocava queimaduras naquelas peles claras, principalmente nela, por ser ainda muito jovem.

Ficava com uma ponta de inveja ao ver a maioria das outras meninas do barco deixando-se bronzear pelos raios solares.

Ali sentada não podia sentir o vento bater-lhe no rosto como as outras garotas que estavam na proa, de braços abertos, imitando a personagem Rose, do filme *Titanic*, interpretada pela atriz Kate Winslet.

– Ei, pai! Por que está olhando tanto para baixo? – perguntou Isadora, vendo que o pai não desgrudava os olhos do mar.

A pergunta teria chegado aos ouvidos dele, se sua mente não estivesse tão ocupada: "Será que a galera espanhola só transportava um baú? Um baú só?!... Um baú que nunca foi encontrado? Ou, se foi encontrado, alguém ficou sabendo? Não é possível que não existam mais tesouros aí embaixo. Mesmo que alguém tenha achado alguma coisa, vou dar uma espiada. Ah! Se vou!" Eduardo lembrou-se dos diversos filmes e documentários aos quais assistira, mostrando expedições atuais que trabalhavam na descoberta e no resgate de tantos tesouros afundados em várias partes do mundo.

Com esses pensamentos, traçou um plano de ação.

3

A revelação

Na manhã seguinte, Eduardo alugou uma lancha e, com a esposa e a filha, foi ao local do naufrágio da galera *Madre de Dios*.

Ancorou a lancha e preparou-se para mergulhar.

Por praticar mergulho havia muito tempo, podia-se dizer que ele era um mergulhador profissional. Apenas com máscara, esnórquel e nadadeiras, começou a submergir. O que sobrara da galera, bastante avariada por causa do impacto do afundamento e da inclemência do tempo, encontrava-se a poucos metros da superfície do mar. Ela estava inclinada da proa para a popa e devia ter cerca de trinta metros de comprimento.

Mãe e filha acompanhavam-no da lancha. Podiam vê-lo, pois o mar estava bem calmo e as águas esverdeadas, transparentes. De vez em vez, distraíam-se com os atobás em seu veloz mergulho no mar, próximo à costa.

Por ser diretor comercial de um laboratório fotográfico, Eduardo dispunha de uma máquina subaquática bem moderna. Enquanto nadava, registrava, através das poderosas lentes, tudo o que lhe fosse interessante.

Quando voltou à tona, ele subiu na lancha e guardou a máquina fotográfica com muito cuidado numa bolsa especial. Após retirar o equipamento de mergulho, partiu de volta para a Pousada Refúgio do Corsário, onde a família estava hospedada.

No retorno, eles pararam nas piscinas naturais da Praia de Moreré. Nesse local, distante um quilômetro da praia, Isadora e a mãe, além de se refrescarem do calor, puderam tocar em peixinhos coloridos, tamanha quantidade ali existente.

Durante os dois dias restantes das férias, eles curtiram o sol que banhava intensamente as praias daquela ilha.

Depois de voltar a São Paulo e a seu trabalho, numa noite, quando todos os funcionários do laboratório fotográfico tinham ido embora, Eduardo trancou-se numa sala que dispunha de recursos bem sofisticados, para analisar cada uma das fotos da galera.

E, como para confirmar sua certeza, a imagem bem ampliada de algumas delas revelou um objeto, impossível de ser identificado a olho nu:

– Uma arca! – ele comprovou, exultante. – Minha intuição não podia falhar – gabou-se.

Falava, desejando dividir com alguém que pudesse estar ali presente, um grande segredo que acabara de desvendar.

Depois, só pensamentos: "O que será que tem dentro dela? Tesouros, com certeza! Era uma galera a serviço da Espanha que devia transportar grandes riquezas. E se estivesse vazia?..."

A cada pergunta, havia várias respostas, seguidas de novas dúvidas. Alternavam-se as certezas com as incertezas.

Por fim, sobrou uma certeza: para as dúvidas serem esclarecidas, era preciso chegar até a arca.

Na primeira oportunidade que tivesse, ele iria à Ilha de Boipeba.

4

Espreita

A oportunidade de voar para aquela cidade surgiu na ocasião de um Congresso Nacional de Laboratórios Fotográficos, que seria realizado em Salvador, na Bahia. Após o término do evento, Eduardo reservou alguns dias para retornar à Ilha de Boipeba, que ficava perto da costa litorânea, ao sul da capital baiana.

Novamente ele se hospedou na Pousada Refúgio do Corsário.

Com equipamento completo para fazer longos mergulhos, Eduardo não teve problemas na localização da arca. Porém, as primeiras tentativas para removê-la foram em vão. Ela estava camuflada e encravada numa fenda estreita formada por corais que, com o passar dos séculos, prendiam-na cada vez mais forte. Precisaria de mais ferramentas que talvez dispusesse, naquele momento, na lancha.

Antes de emergir, com sua lanterna, ele mais uma vez iluminou a arca. Um grosso cadeado, apesar de bastante corroído pelo tempo, possibilitaria, com uma forte corda passada pelo seu aro, que a arca fosse puxada.

Emergiu. Na lancha, procurou por uma corda ou objeto semelhante. Encontrou uma alavanca, mas desistiu, porque era pesada demais para um trabalho debaixo d'água. Deixou para o dia seguinte a remoção da arca, pois achou mais conveniente o uso da corda e, em breve, iria anoitecer.

Assim como chegara até aquele local se norteando pelos contornos da ilha, banhada pelo sol, ele tinha de aproveitar a claridade do dia para regressar à pousada.

Ao pensar que poderia se perder e desaparecer na imensidão do mar, se houvesse uma repentina mudança do tempo, apressou-se. Sabia que, se isso acontecesse, num piscar de olhos, o mau tempo provocaria fortes ondas e, para enfrentá-las, só contaria com os instrumentos de navegação existentes na lancha. Muito arriscado.

"Amanhã, vou acordar mais cedo e providenciar tudo o que for necessário. Depois virei para cá, sem perder tempo. Quem sabe até lá posso ter outras ideias mais interessantes para recuperar a arca!"

Com esses pensamentos, levantou âncora.

Porém, Eduardo nem de longe desconfiava que, não muito distante dali, escondidos pelos ramos cheios de folhas de uma grande árvore envergada que tocavam as águas do Rio do Catu, dois homens o espreitavam. Eles o estavam acompanhando desde o momento em que saíra da pousada. A distância, sem serem notados, esperaram pelo mergulho do hóspede, para assumirem seus postos no esconderijo. Aqueles dois homens, com um binóculo, não tiraram, por um minuto sequer, os olhos de tudo o que acontecia na lancha e nas imediações.

Naquela tarde, nenhuma viva alma apareceu por aqueles lados da ilha, nem a pé, nem de embarcação. Tudo ermo. Só havia os três.

À noite, no apartamento 13 da Pousada Refúgio do Corsário, Eduardo morreu.

5

A falta da amiga

– Ei, Alex! Por que a Isadora faltou às aulas de hoje? – perguntou Marcos durante o intervalo da manhã, enquanto os alunos esperavam na fila da lanchonete para comprarem lanche e refrigerante.

– Não sei, Marcos. Estou estranhando a falta dela. Que eu me lembre, ela nunca faltou.

A conversa continuou, e eles decidiram que, na saída da escola, passariam na casa dela.

A família de Isadora fora morar no mesmo bairro e na mesma rua que Alex e Marcos no início do ano. Por residirem perto e estudarem na mesma escola, logo se tornaram amigos.

No dia anterior, os jovens estiveram batendo papo durante um bom tempo. Entre os muitos assuntos, Isadora contou que o pai havia telefonado para ela da Bahia e que, até sexta-feira, estaria de volta para casa.

Alex e Marcos desceram do ônibus a dois quarteirões de onde moravam e se dirigiram à casa de Isadora. A janela do quarto da frente e as cortinas da sala estavam fechadas. Que esquisito! Pelos vãos da alta grade, encimada com lanças de alumínio, que separava a calçada do jardim da casa, não notaram nenhum movimento. Tocaram a campainha. O dim-dom podia ser ouvido da rua.

Lentamente a porta da sala foi se abrindo. Isadora apareceu com o semblante visivelmente alterado. Ao vê-los, ela abriu o portão e pediu que entrassem. A forma como os recebeu revelou que algo muito grave havia acontecido.

Pela manhã, ela e a mãe haviam recebido a notícia da morte de seu pai. O falecimento ocorrera na noite anterior, na Pousada Refúgio do Corsário, localizada na Ilha de Boipeba.

Tentando enxugar as lágrimas que não paravam de cair de seus olhos e ajeitando os cabelos, Isadora falou que a mãe ainda estava na Delegacia de Polícia, de onde telefonara havia mais ou menos uma hora. Ela disse que, de acordo com o laudo médico, o pai sofrera um infarto fulminante.

Isadora voltou a soluçar e parou de falar. Fixou seu olhar no retrato do pai, com ela, colocado em cima do aparador.

Alex e Marcos, muito sem jeito (pois nunca tinham enfrentado situação semelhante), nem souberam como consolá-la. Ficaram calados, sentindo muita pena da amiga.

Mesmo naquele momento tão difícil de sua vida, Isadora mantinha sua beleza natural. Os olhos estavam inchados e vermelhos de tanto chorar, mas o azul das íris não perdia seu brilho. Os cabelos longos e loiros, que provocavam a inveja das colegas e a admiração dos garotos, não estavam penteados com o mesmo cuidado diário costumeiro; mesmo assim, não estavam desalinhados. Caíam-lhe sobre os ombros e as costas delicadamente. Seu rosto era fino e sua pele, embora pálida, era bem delicada. O vestido comprido que usava realçava sua silhueta magra. Sua altura excedia à das meninas de sua idade.

6

Dúvidas

Depois de longos minutos, o silêncio foi quebrado por Isadora.

Enquanto enxugava a lágrima que lhe escorria pelo rosto, ela disse:

– Ontem, meu pai mandou por *e-mail* as fotos que ele havia tirado recentemente e uma mensagem que nem eu, nem minha mãe conseguimos entender. Achamos melhor esperar pela chegada dele, que seria neste fim de semana, para que nos explicasse.

Os amigos entreolharam-se com uma ponta de curiosidade. Porém, diante das circunstâncias, não ousaram demonstrar maior interesse para não incomodar a amiga.

Foram pegos de surpresa, quando ela mesma quis mostrar-lhes as fotos e o *e-mail.*

Eles a seguiram calados pela casa até entrarem no escritório do pai de Isadora. Ela ligou o computador. Após verem as fotos, todas da galera submersa, leram a mensagem:

"Queridas! Nossas vidas vão mudar para bem melhor em muito pouco tempo, graças ao que me revelaram essas fotos. Não se preocupem se não estão entendendo. Prefiro lhes contar pessoalmente, com todos os pormenores.

Beijos e até breve!

Eduardo"

Detiveram-se mais demoradamente em observar com mais cuidado cada uma das fotos. Não havia nada que chamasse a atenção. Só imagens subaquáticas de um navio destroçado.

– O que vocês notaram? – indagou Isadora.

– Eu – disse Alex – mal e mal vejo o navio. O fundo do mar me parece bastante irregular, cheio de corais e de algas, poucos peixes e só.

– As fotos estão bem nítidas – disse Marcos –, mas concordo com o Alex, não tem nada de especial, nada de diferente. Também não consigo entender a mensagem de seu pai, Isadora.

Vozes lamuriantes, vindas da porta da sala que se abria, interromperam a conversa dos amigos.

Alex e Marcos, percebendo que era a mãe de Isadora, sendo consolada pelas vizinhas, também foram lhe dar os pêsames.

Logo depois, dirigiram-se à Isadora, sussurrando-lhe que iriam para casa avisar suas mães do que tinha acontecido.

Sônia, mãe de Marcos, foi a primeira a receber a triste notícia da morte de Eduardo. Em seguida, os garotos avisaram Lúcia, mãe de Alex.

Ao verem suas mães rumando para a casa de Isadora, eles preferiram ir à praça, localizada a alguns passos de onde moravam. Tinham muita coisa para falar.

Aquela praça que, por muitos anos, estivera abandonada, em questão de poucas semanas fora recuperada graças ao empenho e à colaboração de toda a comunidade, composta por moradores daquela e de outras ruas. Esse trabalho de reurbanização também contou com o apoio, tanto material como de mão de obra, de funcionários da subprefeitura local.

A praça virou ponto de referência da região. Vinham pessoas até de outros bairros para usufruírem o bem-estar que ela proporcionava. Os que apareciam de carro não precisavam se preocupar onde estacioná-lo (problema que aflige grande parte dos habitantes das grandes cidades), pois o estacionamento, no seu entorno, era permitido e gratuito.

Havia uma pista para a prática de caminhada ou de corrida, barras de alongamento, *playground* (com a maior parte dos brinquedos feita de troncos de eucalipto) e uma quadra poliesportiva de areia. Num dos cantos daquela praça retangular, fora construída uma pequena fonte.

Espatódeas, quaresmeiras, sibipirunas, fícus, resedás, tipuanas, ipês-amarelos e ipês-roxos, até árvores frutíferas, como pitangueiras, goiabeiras, araçás e amoreiras, cobriam a praça, projetando sombras convidativas a seus frequentadores ou aos transeuntes que procurassem abrigo dos raios solares. Além disso, muitos pássaros, das mais variadas espécies, apareciam para se alimentar dos frutos, para passar à noite ou para formar seu *habitat* lá.

Assim como a comunidade se engajou na recuperação da praça, a mesma consciência se formou em sua preservação: não era permitido jogar lixo em qualquer lugar, para isso havia muitos cestos espalhados em vários pontos e o caminhão de lixo passava todos os dias para a coleta; não se podia pisar na grama; não era permitida a presença de animais no *playground*; não se podia banhar na fonte, que tinha um cano do qual jorrava água limpa, mantendo-a constantemente cheia. De tempos em tempos, funcionários da prefeitura vinham aparar a grama, podar as árvores, retirar as touceiras de capim, replantar os canteiros de flores, substituir alguma planta morta ou doente, enfim, manter a praça impecável, como estava naquele instante em que os amigos se sentaram num dos bancos.

– Que estranha a mensagem do senhor Eduardo! – foi logo falando Marcos, enquanto se acomodavam no banco de cimento.

– As fotos nada têm de especial – continuou Alex. – Aliás, que relação pode ter entre as fotografias e a mudança de vida da família do senhor Eduardo?! – completou.

– Será que, por causa de alguma daquelas fotos, ele tem chance de ganhar algum prêmio? – arriscou Marcos.

– Você está enganado, Marcos!

– E por que não, Alex? – rebateu Marcos, diante do amigo tão convicto.

– De jeito algum. Nenhuma daquelas fotos pode ganhar um prêmio – sentenciou Alex.

– Como é que você sabe? Alex! Lembre-se de que o senhor Eduardo é diretor, quer dizer, era diretor comercial de um grande laboratório fotográfico. Mais do que qualquer um de nós, ele sabia avaliar uma foto...

Alex, sentindo-se incomodado, interrompeu o amigo e disse:

– Ah! Para de falar bobagens. Eu digo que qualquer um que vê aquelas fotos não acha nada de diferente. Nenhuma delas tem condição de concorrer a qualquer coisa.

– Não fale assim do senhor Eduardo. Ele está morto – interveio Marcos.

– Eu não estou falando do senhor Eduardo, Marcos. Estou falando que a sua teoria está errada.

– Então, seu sabichão, diga como entender a mensagem – cutucou Marcos no ombro de Alex.

– Não me provoque, Marcos!

– Não estou te provocando. Quero que você me dê a sua versão. Já que eu dei a minha e você a rejeitou.

– Bem...

– Bem... – repetiu Alex.

Ergueu a cabeça, como quem quer ganhar tempo para refletir, e acabou reparando na espatódea com a copa repleta de flores vermelhas bem fortes, que contrastavam com as flores menores, mas de um amarelo bem intenso da sibipiruna.

– Nossa, Marcos, você viu as flores daquelas árvores? – e apontou o dedo para cima.

Secamente, Marcos respondeu:

– Já vi. Mas não fuja da minha pergunta.

– Sabe o que eu penso, Marcos? Eu penso que o segredo da charada da mensagem está nas fotos...

– Ah! Então você concorda comigo – interrompeu Marcos triunfalmente.

– Não, Marcos, deixa que eu continue. Vou explicar. Alguma foto deve ter algo de muito especial. Não para concorrer a algum prêmio. Mas ela traz alguma pista para descobrir algo de misterioso que só o senhor Eduardo conseguiu desvendar.

– Como assim? – indagou Marcos.

– Veja! No *e-mail*, o senhor Eduardo usa a frase "as fotos revelaram". Portanto, não é nenhum concurso.

– É, parece ter cabimento o que você diz, Alex. Mas continuamos na mesma.

Um cão labrador castanho, conhecido dos dois, aproximou-se como de costume, querendo receber afagos dos amigos. A interrupção da conversa fora providencial, dada a impossibilidade de chegarem a algum entendimento da mensagem de Eduardo. Talvez, num momento de sorte, encontrassem a resposta certa ou o tempo solucionaria o mistério.

Depois de brincarem com o labrador, os meninos se levantaram e começaram a correr pela pista da praça, sendo perseguidos alegremente pelo cão.

7

Rumo à aventura

Meses depois, após Isadora e a mãe voltarem para o Rio Grande do Sul, para a tristeza de todos os que as conheciam no bairro, especialmente para os amigos que se distanciavam de uma grande amiga, Marcos recebeu permissão dos pais, Nestor e Sônia, para ir com a família de Alex passar uma semana em Morro de São Paulo.

– Morro de São Paulo?... Onde fica, Alex?

– Não sei. Nunca ouvi falar nesse nome. Meu pai disse que é um lugar numa ilha da Bahia, cheio de praias e que, por ser baixa temporada, não tem tanto turista indo para lá. No começo, eu tinha pensado que fosse alguma cidadezinha aqui no Estado de São Paulo. Mas não é, não.

– Legal! Vai ser como em Fernando de Noronha – comentou Marcos, recordando-se das aventuras que tinham passado naquela ilha.

A proposta de Alex de pesquisarem no mapa aquele lugar foi aceita imediatamente pelo amigo.

Pela internet, localizaram o mapa do Estado da Bahia. Num instante, acharam Morro de São Paulo, na Ilha de Tinharé. Porém o espanto maior dos garotos foi constatarem que a ilha que ficava mais ao sul, fazendo parte desse arquipélago, era a Ilha de...

– Boipeba?!...

O tremor inicial provocado pela lembrança de ter sido lá onde falecera Eduardo dera lugar à curiosidade. Isadora havia dito que Boipeba era uma ilha bem calma, com praias belíssimas e quase selvagens, cheias de coqueiros e de chapéus-de-sol que estendiam tanto seus ramos, fazendo sombra sobre as ondas do mar, que se quebravam perto da areia, mesmo com o sol a pino. Havia um rio, formado por águas oceânicas, que separava a Ilha de Tinharé da Ilha de Boipeba, que tinha o nome assustador de Rio do Inferno.

Não que fosse tão largo ou profundo ou de forte correnteza; a dificuldade estava em saber como contornar os bancos de areia, escondidos sob a água, sem deixar encalhar a embarcação. Quando isso ocorria, com certa frequência, os barqueiros precisavam esperar a maré subir para se desvencilharem das areias. Era nessas horas que se podiam ouvir dos dois lados das margens:

– Que inferno! Eta, rio do inferno! – esbravejavam os homens encalhados.

Segundo Isadora, a comida, à base de frutos do mar, era uma delícia. Um prato que ela fez questão de destacar foi camarão com banana.

– Bom demais! – dizia ela, fazendo os amigos ficarem com água na boca.

À noite, antes de pegarem no sono, ouviam-se as ondas do mar quebrarem tão próximas que pareciam estar dentro do quarto da pousada onde ela e seus pais estavam. Instintivamente, ela encolhia os pés na cama, para não se molhar.

– E o que quer dizer Boipeba?

– Boipeba, como me ensinaram, é palavra de origem indígena e quer dizer "cobra chata", mas referindo-se à tartaruga-marinha. O batismo do nome vem daí.

Todas essas descrições e informações da ilha, tão bem realçadas por Isadora, despertaram neles grande curiosidade.

Passados alguns dias, as malas embarcadas e os passageiros a bordo, o avião decolou rumo a Salvador.

No Aeroporto Internacional Deputado Luís Eduardo Magalhães, somente os turistas com destino a Morro de São Paulo foram levados a um hangar onde um táxi-aéreo os aguardava. Levantaram voo e, depois de sobrevoarem cerca de vinte minutos o Oceano Atlântico, avistando a famosa Ilha de Itamaracá, aterrissaram numa pista do pequeno aeroporto da Ilha de Tinharé.

Do desembarque à pousada, situada na segunda Praia do Morro de São Paulo, a demora no traslado nem foi notada porque tudo era novidade: transporte, estrada de areia, poucas pessoas e a maravilhosa vista da pousada próximo ao mar.

Nem bem tinham preenchido as fichas de hóspedes na recepção da pousada, os amigos ficaram sabendo por Paiva que passariam três dias naquela pousada e os outros três, em Boipeba, na Pousada Refúgio do Corsário.

– Refúgio do Corsário! – exclamaram os dois ao mesmo tempo.

– Vocês já ouviram falar dessa pousada? – perguntou Paiva, enquanto acomodava as malas no carrinho para serem levadas ao quarto.

Ele devia ter se esquecido ou não ficou sabendo que aquela era a pousada onde Eduardo havia morrido.

– Não, pai! – antecipou-se Alex. – É que esse nome dá arrepios.

O gesto e a maneira como Alex falou arrancaram risos de todos.

8

Morro de São Paulo

Os três dias passados em Morro de São Paulo transcorreram calmos e agradáveis.

Havia muito sol, brisa, ondas em constante vaivém e mergulhos refrescantes naquelas águas limpas e azuis.

Nas corridas pela praia, Alex tinha muito mais dificuldade em alcançar Marcos, sempre mais rápido que ele. Mas valia a pena tentar, pois era um bom pretexto para cair ofegante na areia macia, branca como os lençóis esticadinhos de casa, e ficar deitado nela, de braços abertos, enquanto o amigo se distanciava, pensando que ainda estivesse correndo atrás dele. Quando Marcos parava e percebia que Alex curtia a areia, voltava e, ao lado do amigo, fazia o mesmo.

Daquela posição, avistavam o morro que, entre 1534 e 1535, Francisco Romero dera o nome de Morro de São Paulo. Bem no alto destacava-se um imponente farol, inteirinho branco. Em 1859, quando dom Pedro II esteve no local, o imperador o classificou de farol de primeira classe.

As poucas nuvens passavam lentas, preguiçosas. Ora davam ideia de um objeto, ora de um rosto, ora de um animal, para depois se desfazerem projetando a sombra que elas mesmas produziam quando se interpunham ao sol.

Os maçaricos, em bando, aguardavam a onda se retrair para, em seguida, ávidos, comerem os pequeninos moluscos que ficavam expostos.

Parecia uma dança. A onda vinha e eles, no compasso certo, com aquelas perninhas delgadas e compridas, ligeiros movimentavam-se para não serem pegos pela água. Com o refluxo, iam à cata da comida.

Depois, todos juntos, numa revoada rasante, não muito longe, pousavam para recomeçarem seu ganha-pão.

Simultaneamente, sem terem combinado, Alex e Marcos viraram-se de bruços. Queixos fincados na areia, olhos que, no primeiro momento, eram ofuscados pela alvura da praia, viam, embora confundidos pela coloração branco-amarelada, pequenos siris, chamados por aqueles lados de marias-farinhas. Como estátuas deitadas, os amigos esperavam pela aproximação daquela espécie de crustáceos curiosos e de andar lateral. Quando estavam bem próximos, num movimento brusco, os dois avançavam sobre eles que, espantados, fugiam velozes e ainda mais desajeitados, para se esconderem nos buracos por eles cavados na areia.

Era divertido porque, pouco depois, surgiam daquelas tocas pares de olhinhos bem negros e desconfiados.

Esquecidos do susto ou levados pela curiosidade, voltavam a aproximar-se dos amigos imóveis.

Nos intervalos da diversão com os siris, os garotos podiam observar, refletidas num grande vidro escuro na varanda de uma pousada que se encontrava à frente deles, mais nuvens acompanhadas de gaivotas estridentes.

À noite, na pousada, o sono dos amigos era embalado pelos ritmos baianos que desciam lá do alto do povoado do Morro de São Paulo.

9

Em Boipeba

Eles alcançaram a Ilha de Boipeba antes do almoço, transportados por uma lancha que singrava as águas do mar, deixando um rastro de espuma branca.

A foz do Rio do Inferno indicava onde terminava a Ilha da Tinharé e onde começava a Ilha de Boipeba.

A embarcação rumou para a Pousada Refúgio do Corsário, que ficava próximo ao vilarejo chamado Velho Boipeba.

Mal ela atracou num píer de madeira, que mais parecia improvisado, os dois amigos logo saltaram da lancha. Ajudaram no transporte das malas com todo o cuidado, pois as tábuas, gastas pelo tempo, rangiam e cediam de acordo com o peso que por elas passava.

Ao hesitarem pisar naquela passarela, os pais de Alex foram encorajados pelo piloto da lancha, que já estava bem à frente, levando a tiracolo duas mochilas e, na mão, mais uma mala, dizendo-lhes que jamais tinha acontecido algum acidente.

– E olha que por aqui passa muita gente – arrematou.

Foram atendidos na recepção da pousada por uma mulher que os levou ao apartamento de dois quartos: um para os pais de Alex e o outro para os garotos. Entre os dois cômodos, separados por um pequeno corredor, havia o banheiro. Uma sala, se assim pudesse ser chamado aquele espaço tão apertado e modesto, que mal cabia um sofá de dois lugares e a TV, compunha o apartamento.

Às pressas, todos desfizeram suas bagagens. Guardaram roupas nos dois armários; numa sapateira, misturaram tênis e chinelos; em cima da cômoda, com um espelho oval de bordas desgastadas, puseram as escovas de cabelo e de dentes em potes artesanais do local, e, nas gavetas, meias, cuecas, calções, bermudas, *shorts*, camisetas, bonés. Na última, amontoada, deixaram a roupa suja.

– Pai! Mãe! Nós vamos dar uma voltinha – disse Alex.

– Voltem logo, porque ainda temos de almoçar – ouviram a voz de Lúcia do lado de dentro do quarto que estava com a porta encostada.

Depois de passarem por alguns dos vinte apartamentos, todos eles térreos e alinhados com as janelas dos quartos voltadas para o mar, espaçados de dois em dois, para que tivessem um arejamento natural, Marcos perguntou:

– Qual será o apartamento onde o senhor Eduardo morreu?

– Psiu, Marcos! Fala baixo. Pode ter gente aí dentro – e apontou, coincidentemente, para o apartamento 13.

Calaram-se. Não ouviram nenhuma voz.

Nem bem se puseram a andar em direção à recepção, eles avistaram um homem. Sem saber de quem se tratava, um arrepio percorreu-lhes a espinha, paralisando-os momentaneamente. Um amargor esquisito na boca deixou-os mudos. Entreolharam-se. Voltaram a olhar para aquele homem. Disfarçaram e, sem que fossem notados, impelidos por uma força estranha, deram meia-volta e retornaram ao apartamento.

Antes de embarcarem para a excursão de escuna, ficaram sabendo que aquele homem era Otto, o dono da Pousada Refúgio do Corsário.

10

Medo

Como houvesse poucos turistas naquele passeio (no máximo dez, se tanto), Alex e Marcos puderam ficar mais próximos de Jairson, o guia da escuna, somente alguns anos mais velho do que eles.

Depois de realçar os pontos turísticos da ilha que se viam daquelas águas calmas, pois os recifes seguravam a impetuosidade do mar aberto, e responder às perguntas e às curiosidades por ele já bastante conhecidas, Jairson teve um imperceptível estremecimento quando Marcos perguntou, ali entre os três, se ele conhecia Otto, da Pousada Refúgio do Corsário.

Tomado de coragem e, certificando-se de que somente os dois eram os ouvintes, disse:

– Quem não conhece o senhor Otto? Todo mundo! Até a polícia daqui.

Antes que fosse interrompido, prosseguiu:

– E ai se alguém se meter com ele! Nem a polícia, nem ninguém tem peito de se meter com ele! Ninguém é besta!

– Nem a polícia?! – cortou a fala Marcos, demonstrando muita surpresa.

– É! Nem a polícia! – confirmou Jairson. E continuou: – Todo mundo sabe coisas sobre ele, mas ninguém prova. Pessoas mal-encaradas, que não são da ilha, frequentam a pousada do senhor Otto à noite.

– O que você sabe da morte do senhor Eduardo? – arriscou Alex.

Por alguns segundos, o guia da escuna olhou fixamente nos olhos de Alex e, em seguida, calou-se. Os amigos perceberam que ele havia ficado muito incomodado com a pergunta, a ponto de virar o rosto para o outro lado.

Se parasse de falar, não retomaria mais o assunto, e aí de nada adiantaria insistir. Ele não abriria mais a boca.

Quando o guia fez menção de levantar-se, Marcos sentiu que era o momento de arriscar tudo.

– Olha, Jairson! Você pode confiar em nós. Pode acreditar que nós não vamos contar a ninguém o que você nos disse sobre o senhor Otto. Damos a nossa palavra! Não é, Alex?

– Claro! – confirmou mais que depressa o amigo.

– Tudo o que você disser morre aqui com a gente. Pode acreditar. Nós só somos turistas – completou Marcos.

Jairson, ainda hesitante, prosseguiu, retomando a pergunta:

– Aquele homem que morreu na Pousada do Corsário faz alguns meses?

– É, esse mesmo!

– Dizem que ele teve um infarto fulminante. Dizem. Também dizem outras coisas... Suspeitam. Ninguém tem prova. Suspeitam que o senhor Otto...

Nem bem acabara de proferir o nome do alemão, Jairson emudeceu. Arrependeu-se. Havia falado demais. Eram garotos que, embora tivessem dado sua palavra, poderiam complicá-lo. Como poderia confiar nos dois se nem sabia quem eram eles?

Rapidamente se afastou dos garotos com a desculpa de responder a uma pergunta feita por um turista. Distanciou-se deles, dirigindo-se à proa da embarcação.

Não voltou a conversar mais com Alex e Marcos. Procurou ficar o mais longe deles que pudesse.

No desembarque, Jairson evitou despedir-se deles.

Com a escuna já distante do píer, levando a bordo piloto e guia, Alex e Marcos concluíam que, na ilha, havia um poderoso chefão de nome Otto, dono da Pousada Refúgio do Corsário.

11

Plano em ação

No apartamento, cada um deitado na sua cama, olhares presos no teto, os amigos pensavam. Pensavam no que ouviram de Jairson e na figura temível do dono daquela pousada. A dedução era inevitável: Otto tinha algo a ver com a morte de Eduardo.

Marcos interrompeu o silêncio:

– Alex! Precisamos agir. Precisamos arrumar provas contra esse bandido.

– É, Marcos! Esse sujeito está metido em coisa muito ruim. Mas como é que vamos provar? Ninguém quer cair na desgraça dele. Você viu, todo mundo tem medo dele.

Calaram-se novamente.

Os olhos fixaram-se num ponto qualquer. Planos desconexos surgiam aos borbotões.

Vários minutos se passaram.

Cada um traçou uma estratégia de ação e aí eles voltaram a trocar ideias. Muitos pormenores foram discutidos e descartados, até acertarem como deveriam agir.

Arrumaram-se e disseram aos pais de Alex que iriam assistir à televisão na sala da recepção da pousada.

– Vejam aqui na sala – disse Lúcia.

– Não, mãe! A televisão da recepção é melhor. É bem maior! Lá também tem computador. Queremos falar com os nossos amigos no MSN.

Por ser verão, os dias eram mais longos. Terminado o jantar, alguns hóspedes passaram por Alex e Marcos, encaminhando-se a um caramanchão, com vista para o rio e para o mar, coberto por uma trepadeira viçosa. Debruçada sobre ele, havia uma imensa primavera repleta de flores cor de ferrugem. Alguns ramos secos caídos de uma alta palmeira estavam estirados, como descansando da vida agitada que tiveram, por cima das árvores menores vizinhas ao caramanchão.

O sol amainava seus raios. Começava a tocar as pontas mais altas da plantação de coqueiros, do outro lado do rio.

Os pássaros davam voos rasantes sobre as águas, prenunciando a hora do recolhimento para o abrigo daquela noite.

Envoltos nesse cenário, emoções, havia muito tempo esquecidas ou abafadas pela rotina das grandes cidades, renasciam no íntimo daqueles hóspedes.

Antes de entrarem na recepção, Alex e Marcos viram Otto caminhando pela praia, indo no sentido oposto à pousada. Passos firmes, pisava na areia como se estivesse marchando.

Perguntaram à mulher que os recepcionara para onde Otto estava indo.

– Ah! Ele foi ao vilarejo. Não gosta de beber no local onde trabalha. Não toma uma gota de álcool aqui e manda embora, na hora, qualquer empregado que beba no trabalho.

– Ele demora para voltar?

– Às vezes sim, às vezes não. Por quê? Vocês querem alguma coisa com ele?

– Não! Não! – disseram os dois ao mesmo tempo e apressadamente.

– Enquanto ele não está na recepção, fico eu. Se vocês precisarem de alguma coisa, é só falarem comigo.

Ela os deixou, pois novos hóspedes solicitavam a sua atenção.

Os amigos saíram e foram dar uma volta naquela casa cujo telhado coberto com telhas sarapintadas era de duas águas: uma caída para a frente, onde ficavam a recepção, o restaurante e o salão da pousada, e outra para os fundos, onde Otto morava.

Uma densa vegetação da mata atlântica, paralela aos cômodos da moradia do alemão, a alguns passos de distância, deixava-a quase inteiramente escondida.

Galhos de uma frondosa fruta-pão, cujo tronco mal se via de tão camuflado que estava pelas heras, projetavam-se sobre a casa e chegavam a roçar na sua cumeeira ao sopro do vento.

12

Pista importante

– Espera, Marcos! – falou Alex a alguns passos da única porta externa da casa.

– O que foi, Alex?

– A gente vai invadir a casa de uma pessoa, como se fosse ladrão?

Às palavras "invadir" e "ladrão", eles pararam de andar.

Encostaram-se à parede da casa, bem debaixo de uma janela. Não tinha havido convite de Otto, nem formal nem informal, para entrarem em sua casa. Muito menos quando ele não estava lá.

– Vamos desistir dessa ideia? – propôs Alex, receoso.

Antes que o amigo virasse as costas para abandonar o local, Marcos disse:

– Veja, Alex! Não estamos invadindo a casa de qualquer pessoa de bem, mas a casa de um suspeito, de quem todos têm medo. Estamos fazendo o papel de detetives. Bem diferente da ação dos ladrões. Você não acha? E mais: esse foi o melhor plano que tivemos.

Para arrematar, completou:

– Ninguém vai saber que entramos na casa do senhor Otto sem convite.

Alex até esboçou um sorriso depois dessas últimas palavras do amigo, convencendo-se de que eles não eram nem invasores, nem ladrões. Eram detetives em busca de provas.

Sem resistência, pois a porta estava só encostada, os amigos entraram.

A sala, um grande quadrado, distribuía-se em dois ambientes. De um lado, estava a sala propriamente dita. Lá a mobília era simples. Havia dois sofás escuros, um em frente ao outro, separados por uma mesinha de centro. Mais ao canto, estava uma poltrona recoberta por uma manta amarfanhada, dando a ideia de constante uso. Perto da porta, uma prateleira dificultava a abertura da cortina da janela. Numa das paredes, iluminada ainda pela claridade do dia, destacava-se uma gravura com um brasão, numa grossa moldura de madeira entalhada e envelhecida. No centro dele, havia uma arca reluzente cruzada por uma espada curta e por um bacamarte.

Alex e Marcos foram para o outro ambiente. Logo perceberam que se tratava do escritório de Otto.

Uma estante, com pastas emparelhadas, fazia parte de uma mesa em ele. Em cima dela, havia computador, copiadora, fax com telefone, papéis espalhados da contabilidade da pousada, porta-canetas e outros materiais de escritório.

Nela havia três gavetas. Na primeira, estavam cheques presos por um clipe, recibos, um talão de notas fiscais da pousada, dinheiro e moedas guardadas numa caixa de plástico. Na segunda, havia algumas pastas amontoadas. Na terceira, além de folhas de papel-sulfite para a copiadora, havia um pequeno dicionário de Alemão-Português e de Português-Alemão.

– Rápido, Alex! Volta na segunda gaveta. Vamos olhar as pastas.

Na primeira pasta, não havia nada do interesse deles, bem como na segunda pasta. Na terceira e última pasta, havia um brasão igualzinho àquele que estava na gravura da parede. Dentro dele, havia fotos. Duas fotos e só.

– Olha, Marcos! São iguais. Parecem ter sido tiradas debaixo d'água.

Como o clarão de um raio, Marcos teve a visão de uma descoberta.

– Alex! Essas fotos são aquelas que nós vimos no computador na casa da Isadora. Você não se lembra? Aquelas fotos que o pai dela mandou por *e-mail*.

– Nossa! Bem lembrado, Marcos! Você tem razão! – e bateu com os dedos da mão na própria testa.

Foram à janela da sala, onde estava mais claro, e viram que as duas fotos eram iguais, mas uma estava ampliada com um pequeno círculo vermelho destacando um ponto escuro.

– E o que é esse ponto escuro? – indagou Marcos, colocando o dedo em cima do círculo.

– E como é que essas fotos vieram parar aqui? – dessa vez era Alex que perguntava.

– E quem é esse senhor Otto?

– E o que é esse brasão aqui na pasta e lá no quadro?

– E...

13

Prova cabal

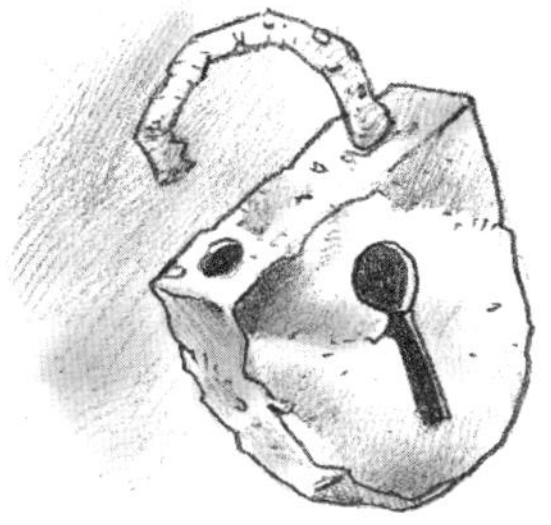

– Psiu!

Do lado de fora da casa, algumas vozes se aproximavam.

– E agora? – emendou baixinho e assustado Alex.

– Pela porta da sala, não dá mais para sair. Vamos para aquele quarto – apontou Marcos.

Antes, porém, em movimentos rápidos e silenciosos, eles colocaram as fotos na pasta e esta na gaveta de onde as tinham tirado.

Esgueiraram-se porta adentro, deixando-a aberta como a encontraram. Com os corações batendo a mil, viram, na penumbra do aposento, cuja janela estava fechada, uma cama encostada na parede. Não tiveram dúvida de que era o melhor esconderijo. Esconderam-se debaixo dela.

Nisso a porta foi aberta.

Lá fora, escurecia.

Otto e dois homens entraram. O alemão esticou a mão e, sem apalpar, tocou no interruptor da luz. Todos se acomodaram no sofá. Então, reclinado em sua poltrona, ele foi dizendo:

– Amanhã à noite, vai ser a entrega da mercadoria. Não quero nenhum atraso, entenderam? Temos hora marcada.

Os erres pronunciados pelo alemão entravam nos ouvidos dos amigos, tensos, como se quisessem perfurar seus tímpanos.

– Um navio vai estar em alto-mar. Ele não pode esperar por muito tempo, entenderam?

Os dois homens, sem coragem de olhar para o chefe, balançavam a cabeça afirmativamente.

– Vamos sair com a lancha do píer, às 22 horas. Em uma hora já estaremos de volta com a entrega feita, entenderam? Assim tudo vai correr bem.

– E a arca, senhor Otto? – ousou perguntar o sujeito de estatura menor.

– Não se preocupe. Eu sei como fazer, entendeu?

O homem mais alto se levantou e começou a andar pela sala.

Debaixo da cama, embora, a todo custo, evitassem se mexer, de vez em quando o faziam com todo o cuidado para não provocar nenhum ruído. Quase nem ouviam a respiração um do outro. Viram os enormes sapatos surrados e sujos de areia que o homem usava e suas fortes passadas davam a ideia do brutamontes que deveria ser.

De repente, ele falou:

– Chefe! A gente tá arriscando nossas vidas nesse negócio. O senhor, quando contratou a gente, disse que era só um servicinho. A gente ficou um tempão na tocaia daquele tal de Eduardo, como o senhor mandou, lembra? Depois que ele morreu, a gente conseguiu tirar lá do fundo do mar essa arca, num trabalhão que o senhor nem faz conta. E o que tem dentro dela, o chefe nunca falou pra gente. Deve ser coisa graúda, de muito dinheiro...

– Quieto! – o alemão o interrompeu bruscamente, em tom firme, mas sem levantar a voz.

Com o olhar fixo no homenzarrão, ele mandou que se sentasse.

Tamanho brutamontes tremeu às ordens do alemão. Sentou-se.

– Foi um servicinho, sim! Quem fez tudo fui eu. Vocês já se esqueceram de que, se não fosse por mim, vocês iam morrer de fome? Entenderam? Eu tirei de nosso caminho aquele tal de Eduardo. Nem médico, nem polícia desconfiam da morte dele, porque eu dei um jeito. Esse "jeitinho brasileiro" que vocês falam, eu dei, não vocês, entenderam? E vocês já receberam pelo servicinho e foram muito bem pagos. Já esqueceram?

Após uma pausa, o alemão respirou fundo e finalizou:

– Quando fizerem o restante, vão receber mais, entenderam?

As últimas palavras do chefe consolaram os homens, que se aquietaram.

Mesmo que os olhos dos amigos se cruzassem debaixo da cama, o escuro do quarto não permitiria que vissem o pavor pelo que tinham acabado de ouvir. Ficaram atônitos. Ao mesmo tempo, ficaram apavorados. Aos poucos, a tremedeira os contagiava, aumentando só de pensar que o assassino estava a alguns metros deles.

Piorou quando ouviram o criminoso dizer:

– Agora vocês podem ir embora, que eu vou me deitar.

Levantou-se da poltrona e caminhou em direção à porta do quarto.

Por sorte, o alto assobio de uma marcha alemã, executada pelo chefe, abafou o barulho de dentes entrechocando-se desesperadamente debaixo da cama. Os corpos ficaram mais que contorcidos, deixando um bom espaço no vão da cama. Onde cabiam dois, agora cabiam quatro.

De supetão, o alemão parou de andar e de assobiar. Com um dos pés dentro do quarto, virou-se para os homens e, antes que o brutamontes apagasse a luz, mandou:

– Esperem. Lembrei que vai chegar mais um hóspede. Preciso estar na recepção.

Os homens aguardaram o chefe, depois de apagar a luz, encostar a porta e seguiram-no.

Era a chance de os amigos se safarem daquele grande apuro. Não podiam ficar ali paralisados e, mais que depressa, deslizaram para fora da cama. Foram, pé ante pé, até a porta da sala. Abriram-na e, pela fresta, viram os três vultos dobrarem o canto da casa. Com todo o cuidado, deram a volta pelo lado oposto.

14

Encontro indesejado

Procurando não serem notados, Alex e Marcos foram ao salão.

Acomodaram-se num sofá, um ao lado do outro, encolhidos, com medo de que, de uma hora para outra, entrassem os três homens. Não faziam nenhuma questão de ver quem eram os capangas. Já estavam por demais sobressaltados. Sentiram-se mais acolhidos quando viram que, no salão, havia vários hóspedes entretidos, assistindo à novela.

Pouco tempo depois, quiseram correr para o apartamento, para contar tudo ao pai de Alex, mas, só de pensar em cruzar com os bandidos, o pavor aumentou.

O alívio veio com a presença de Lúcia.

– Onde vocês estavam?

Que bom ouvir aquela voz suave e feminina, típica de mãe. Antes que eles lhe respondessem, ela continuou:

– Passei por aqui e não vi vocês. Fui até a praia. Como também não os vi lá e escureceu, fiquei um pouco preocupada.

– Houve um desencontro, mãe! – justificou Alex e prosseguiu: – Pra que lado da praia a senhora foi?

– Para o lado do píer.

– Ah! Mãe! Nós fomos pro outro lado. Ficamos vendo um pessoal jogando bola e, antes de escurecer, viemos para cá.

Alex mentiu para não deixar a mãe aflita. Tinham muita coisa bem mais séria para contar. O amigo consentiu com um leve aceno de cabeça.

Embora tivesse mentido à mãe para não deixá-la aflita, Alex sentiu-se incomodado.

Aprendera com seus pais, sobretudo com a mãe, que a verdade sempre deve prevalecer sobre a mentira. Custasse o que custasse. Ela dizia que uma pessoa que mente, para encobrir essa mentira, precisa inventar outra e mais outra, e assim sucessivamente. Não conseguiria voltar atrás e acabaria envolvida numa grande bola de neve. Também se recordou dos ditados: "Mentira tem pernas curtas" e "O diabo fez o caldeirão, mas se esqueceu de fazer a tampa".

Absortos nesses pensamentos, enquanto voltavam para o apartamento, nem bem tinham saído do salão, eles deram de cara com a pessoa que menos queriam ver neste mundo: Otto, ou melhor, aquele assassino desprezível.

– Que prazer em conhecer os hóspedes do apartamento 18. A senhora deve ser dona Lúcia, se não me engano. E estes meninos devem ser Alex e Marcos – foi falando o alemão. Sabia seus nomes pela ficha preenchida na recepção.

– O prazer é nosso! – disse Lúcia. – Este é o Alex, meu filho, e este é o Marcos, o melhor amigo dele.

– Prazer – disse Otto, esticando a mão para cumprimentá-los.

Ao pegar tanto na mão de um como na do outro, faltou pouco para esmagá-las, tamanha era a força do alemão.

– Como suas mãos estão frias. Vocês estão bem? – reparou.

– É que... – balbuciou Marcos e não completou a frase.

– É que nós estávamos bem debaixo do ar-condicionado lá do salão – emendou Alex.

Os meninos não tinham coragem de encarar o alemão, não porque fosse bem alto, mas por causa do bandido que estava bem ali na frente deles. Um criminoso que, se soubesse o que eles sabiam dele, os dois estariam liquidados.

Só de pensar nisso e para não cair em nenhuma contradição que pudesse denunciá-los quanto mais falassem, apressaram-se em dizer que estavam cansados e com sono.

– Tenham uma boa-noite!

Ouviram, sem olhar para trás.

15

Providências tomadas

No apartamento, Paiva, acomodado no sofá da saleta, cabeça apoiada em dois travesseiros, os pés tocando a parede, via um jogo de uma final de tênis na televisão.

Os amigos esperaram Lúcia entrar no banho. Fechada a porta, Alex foi logo dizendo:

– Pai! Temos uma coisa muito séria para contar pro senhor.

Sem desviar os olhos da tela, o pai pediu que contasse mais tarde.

– Não! Pai! É questão de vida ou morte.

– Deixa de falar bobagem, meu filho! – retrucou o pai com certa impaciência. Fez silêncio porque o *tie-break* estava empatado seis a seis. Quem ganhasse seria campeão de Wimbledon.

Nesse instante, quem insistiu foi Marcos:

– Não, senhor Paiva. O assunto é muito sério, como o Alex disse. É verdade.

Por sorte deles, o jogo terminou.

– O que vocês disseram? – perguntou Paiva, agora disposto a conversar.

Detalhadamente, quase falando nos ouvidos de Paiva, puseram-no a par de todos os fatos.

Quando, ainda incrédulo ao que acabara de ouvir, ele perguntou se tudo aquilo era verdade, os amigos confirmaram.

– Olhem! A acusação que vocês estão fazendo é gravíssima e muito séria. Isso não é brincadeira! É caso de polícia.

– Não, pai! É sério o que acabamos de contar. Nós ouvimos tudo, tudo. Palavra por palavra. Não é, Marcos?

– É sim, senhor Paiva. Estamos apavorados até agora por tudo o que passamos. Pode acreditar! De jeito nenhum é brincadeira.

Fez-se uma pausa.

Embora acreditasse no que os garotos disseram, antes de se decidir por tomar uma atitude contra pessoas que mal conhecia, Paiva quis ouvir novamente o relato do filho e do amigo. Disse-lhes:

– Vamos sair daqui. As paredes podem ter ouvidos.

Ainda no banho, Lúcia foi avisada de que eles iriam se sentar no banco feito de tronco de coqueiro. Este ficava na direção da janela do apartamento, próximo à cerca viva de pingo-de-ouro, que separava a pousada da praia.

Acomodaram-se.

O barulho das ondas trouxe-lhes à lembrança a amiga Isadora: “Ela encolhia os pés na cama, tendo a sensação de que as águas daquelas ondas iriam molhá-la". Esse mesmo barulho não permitiria que a conversa fosse ouvida a distância.

Paiva retomou o assunto:

– Quero que repitam o que vocês fizeram, ouviram e viram porque, se estamos lidando com um bandido ou, pior, com um assassino, ele tem de ser preso.

Com calma, os meninos relataram todos os momentos. Acrescentaram que, pela curiosidade despertada neles com relação ao nome da pousada, foram pesquisar, na internet, a palavra "corsário".

Descobriram que, entre os séculos XV e XVIII, os mares também tinham sido navegados por corsários. Eles eram piratas que podiam, por autorização de um governo, atacar e pilhar embarcações de nações inimigas para prejudicá-las economicamente. Costumavam dar preferência pelo saque de navios carregados com metais preciosos.

Por vezes, os corsários eram considerados verdadeiros heróis em seus países de origem. Na Inglaterra, graças aos fabulosos tesouros que o corsário *Sir* Francis Drake saqueou para essa nação, ele foi tornado cavaleiro pela rainha Isabel I.

Em 1856, com o Tratado de Paris, as grandes potências ali reunidas concordaram em acabar com a prática dos corsários.

Recentemente, surgiram organizações independentes de qualquer nacionalidade. Elas atuam na clandestinidade, porque não respeitam leis de nenhum país; só as próprias regras.

A finalidade e o *modus operandi* dessas organizações foram inspirados nas atividades dos corsários. Elas têm seus agentes secretos espalhados por todos os cantos da Terra, treinados para matar ou morrer, se for preciso, para se apoderarem dos tesouros antigos e valiosos, descobertos em nossos dias, e entregá-los a essas organizações.

– Tem mais, pai: achamos que o brasão na sala do senhor Otto, ou melhor, do assassino, é o símbolo de uma dessas organizações à qual ele está ligado e para a qual presta serviço.

Marcos emendou:

– A espada e a arma de fogo, cruzadas sobre a arca, eram as armas utilizadas pelos corsários quando praticavam os ataques aos navios. A arca que brilha significava o ouro contido em seu interior.

Não sobraram mais dúvidas. Paiva estava convicto da veracidade dos fatos.

Imediatamente, ele pegou seu celular e entrou em contato com uma pessoa conhecida dele, em São Paulo, que trabalhava na Interpol. Passou-lhe todas as informações sobre a operação que iria ocorrer na noite seguinte.

Nem bem acabara de desligar o telefone, Alex perguntou:

– Pai, o que é Interpol?

– É uma polícia internacional. Quando se trata de organizações criminosas internacionais, como parece ser esse o caso, a Interpol se mobiliza, com todos os recursos de que dispõe, para desbaratar essas organizações.

Ao sair do banho, Lúcia foi ao local onde eles estavam. Ficou perplexa diante dos acontecimentos que o marido lhe contou. Entendeu por que o filho e o amigo quiseram se livrar da conversa com o bandido.

– Paiva, e se eles conseguirem fugir? – agora quem começou a se apavorar foi Lúcia.

– Calma, Lúcia! Primeiro, eles não sabem que nós sabemos. Segundo, nada vai dar errado. A Interpol é uma polícia extremamente eficaz e competente. Pode ter certeza disso.

Com essas palavras, todos dormiram mais sossegados na primeira noite em Boipeba.

16

O destino de um assassino

Assim como havia feito no segundo dia em Morro de São Paulo, após tomar o café da manhã no restaurante da pousada, contínuo ao salão, Marcos foi ao computador. Então escreveu esta mensagem aos pais:

"Mãe! Pai!

Estamos na Ilha de Boipeba. Tudo aqui é muito bonito e legal. Ontem, logo depois que chegamos, nós fomos fazer um passeio de barco. Conhecemos quase toda a ilha. Aqui, nossa pousada é simples. Bem tranquila.

Amanhã, voltamos para São Paulo.

Até lá!"

Não fez nenhuma menção ao que estava acontecendo, pois isso só iria preocupá-los.

Passaram o dia inteiro na praia. Foram àquele lugar do qual a Isadora tinha falado. Confirmaram a existência dos grandes chapéus-de-sol, com seus longos ramos sobre o mar. Mergulharam, furando as ondas mornas, e, quando saíam delas, estavam protegidos dos fortes raios solares pela sombra feita pelas largas folhas daquelas árvores.

Almoçaram num simples, porém limpo e agradável, restaurante, ali próximo. No cardápio, havia poucos pratos. Entre eles, o tal do camarão com banana. Aprovadíssimo.

À tarde, a diversão do grupo foi encontrar uma concha bem grande. Havia milhares de conchas, na maioria expostas na superfície da areia, quase todas pequenas. E as que não eram pequenas não chegavam a ser consideradas grandes. Daí a brincadeira ter ficado interessante.

No retorno à pousada, a descontração da praia deu lugar a certa apreensão. O momento crucial estava chegando.

Será que tudo iria dar certo, como havia dito Paiva, no dia anterior?

Longe dos pais de Alex, esfregando a sola dos pés na areia fina, deixando sulcos que a onda seguinte apagava, Marcos lembrou-se de uma das aulas de História e, para fazer frente à incerteza, desabafou:

– A sorte está lançada!

Diante da mudez do amigo, continuou:

– Foi a frase dita pelo então general romano Júlio César, antes de atravessar o Riacho Rubicão. Depois, ele venceu todos os inimigos e tornou-se imperador de Roma. Você não se lembra dessa aula, Alex?!

Embora tentasse puxar pela memória, Alex não conseguiu se lembrar. Mas o que importava é que a frase fazia todo o sentido para aquele momento.

Em certa altura do horizonte, o crepúsculo, de tons amarelados sobrepostos por nuvens longas e delgadas, deu lugar à noite. Parecia que chegara mais lentamente do que nos dias anteriores.

Seguindo as orientações do pai de Alex, que havia recebido uma mensagem em seu celular dizendo que a polícia estava preparada, eles se dirigiram ao caramanchão, logo depois das 22 horas.

Nem bem se acomodaram nos bancos, viram a lancha saindo do píer, às escuras, e fazendo pouco barulho. Conforme ela se distanciava, o suficiente para deixar as luzes dos postes que iluminavam o acesso aos apartamentos da pousada e que refletiam sua claridade nas águas da foz do Rio do Inferno, os faróis da lancha foram acesos.

Sem dificuldade, a embarcação passou pela arrebentação do mar.

Céu e mar escuros eram uma coisa só. À medida que se afastava, a lancha ia se perdendo de vista. Em pouco tempo, o ponto luminoso desapareceu.

Relâmpagos cortavam a escuridão, dos quais, pela distância, nem se ouvia o ribombar.

Olhos fixos, ouvidos atentos, bocas caladas.

O tempo parou.

Em alto-mar, Otto e seus capangas, concentrados nas coordenadas no painel de comando da embarcação, não perceberam a presença de navios-patrulha da Marinha do Brasil, que se acercavam da lancha.

De repente, potentes holofotes iluminaram toda a lancha. Simultaneamente, ouviu-se a voz do comandante:

– Em nome da Marinha do Brasil, parem a embarcação. É uma ordem!

Atônito por aquela surpresa, numa tentativa desesperada de fuga, o alemão deu uma violenta guinada na lancha, procurando direcioná-la para a costa. Mas ele foi interceptado em sua manobra.

– Repito. Parem a embarcação imediatamente. Vocês não têm para onde ir.

Cego pelos holofotes e pela alucinação, Otto pegou da sua metralhadora, que, nessas ocasiões, carregava consigo como precaução, e começou a atirar num suposto alvo. Os disparos eram acompanhados por vociferadas imprecações que saíam da garganta do alemão. Parecia um louco em guerra.

O silvo de uma bala certeira, disparada por uma arma com raio lêiser, atravessou o espaço e o coração do alemão.

O impacto do tiro arremessou-o, já morto, contra o capanga menor, derrubando-o. Mais que depressa, o capanga dos sapatos grandes pegou a metralhadora que caíra das mãos do chefe e também começou a atirar a esmo. Teve o mesmo fim.

Ao ver os dois mortos, o capanga sobrevivente, tremendo de pavor, desligou o motor da lancha e levantou as mãos. Salvou-se da morte.

Alguns minutos depois, lá no caramanchão, o celular de Paiva tocou.

A operação fora um sucesso. Chefe e um bandido mortos. O outro preso. A arca fora resgatada cheia de tesouros.

Nem naquela noite, nem na manhã seguinte, não chegara nenhuma informação sobre o que tinha acontecido em alto-mar à Ilha de Boipeba, antes da saída dos quatro hóspedes da Pousada Refúgio do Corsário.

"Esse corsário já era!", pensaram os amigos.

"Não há males tão grandes que não possam ser vencidos pelo bem!", pensaram Paiva e Lúcia.

Apenas no Aeroporto de Salvador, já no avião de volta para São Paulo, eles puderam ler, no jornal oferecido a bordo, a notícia completa.

– Isadora precisa saber de tudo o que aconteceu. Não é, Alex?

Alex, que olhava pela janelinha do avião, virou-se para o amigo e disse:

– Era exatamente nisso que eu estava pensando. Ela vai ficar muito triste em saber do assassinato de seu pai.

– É, vai ficar mesmo. Mas precisamos contar. Pelo menos, ela vai se sentir confortada sabendo que o assassino foi morto e o nome do pai dela vai ser lembrado para sempre como o descobridor da arca.

17

Explicações finais

Por intermédio da organização internacional para a qual trabalhava, Otto foi enviado à Ilha de Boipeba para resgatar uma arca repleta de tesouros. Ela estava na galera espanhola *Madre de Dios,* afundada na foz do Rio Catu, na Praia dos Castelhanos, no século XVI.

A Pousada Refúgio do Corsário era só fachada. Fora comprada pelo alemão a mando da organização, como um local de apoio próximo à galera. O resgate, seguindo a rotina de outras operações, devia ser feito sem levantar qualquer suspeita das autoridades brasileiras.

Ultimamente, ele vinha sofrendo duras ameaças da organização pela demora em encontrar a arca.

A oportunidade surgiu naquele dia em que Eduardo fora sozinho mergulhar no local do navio submerso.

Com a chave-mestra, Otto entrou no apartamento de Eduardo. Encontrou duas fotos, e a maior delas tinha um círculo num objeto. Ele não teve dúvidas de que a arca havia sido encontrada.

Recolocou as fotos na gaveta do criado-mudo. Mais tarde, ele voltaria a se apossar delas.

Saiu e retornou pouco depois.

Revestiu o copo de água, que era opaco, com um finíssimo pó de veneno letal.

E, impassível, deixou a noite chegar ao fim.